A ARTE E A MANEIRA DE ABORDAR SEU CHEFE IMEDIATO.

APRESENTAÇÃO POR ORGANOGRAMA

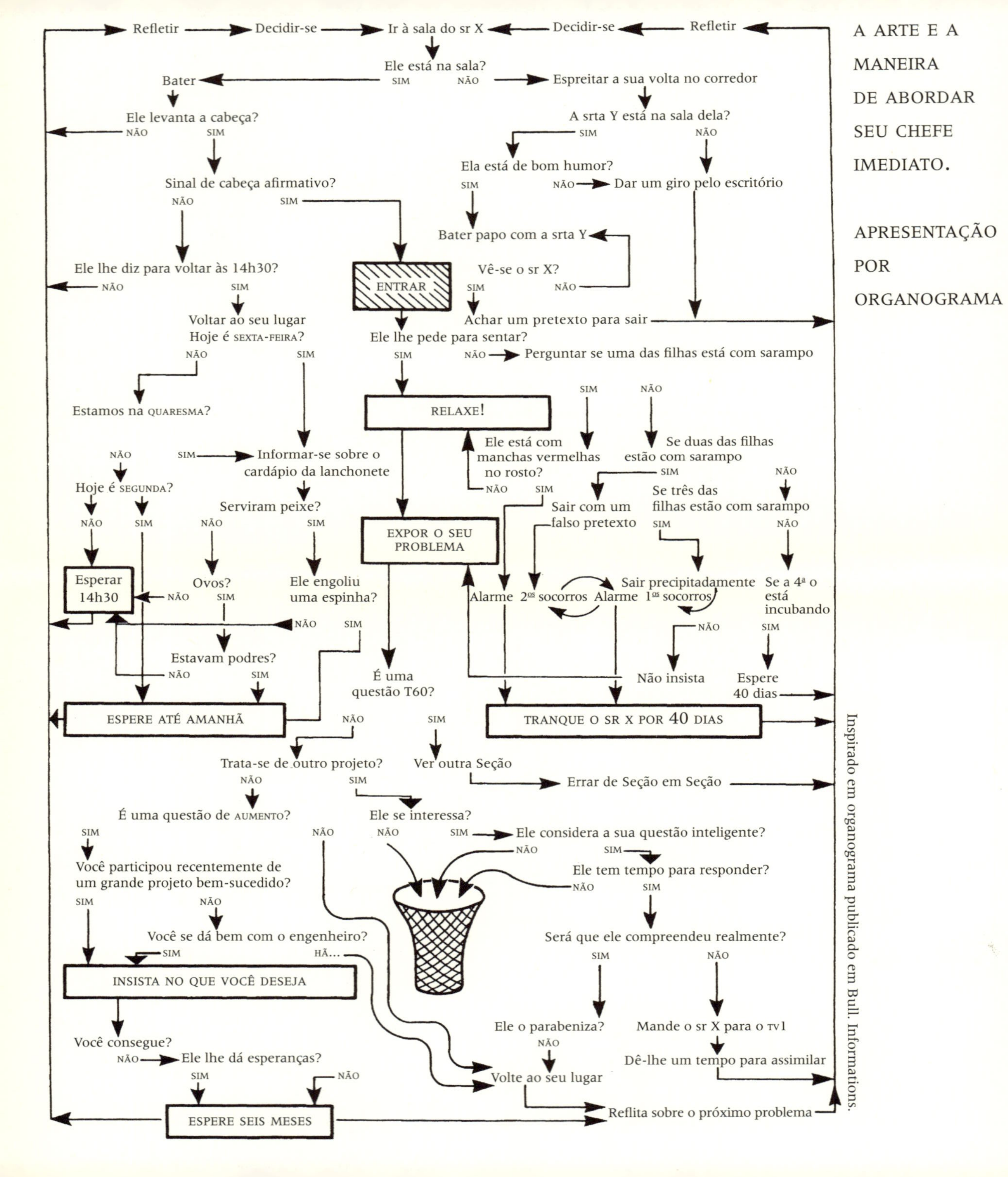

Inspirado em organograma publicado em Bull. Informations.

A ARTE E A MANEIRA DE ABORDAR SEU CHEFE PARA PEDIR UM AUMENTO

GEORGES PEREC

A arte e a maneira de abordar seu chefe para pedir um aumento

Tradução
Bernardo Carvalho

COMPANHIA DAS LETRAS

Copyright © 2008 by Hachette Littératures

Grafia atualizada segundo o Acordo Ortográfico da Língua Portuguesa de 1990, que entrou em vigor no Brasil em 2009.

Este texto foi primeiramente publicado em dezembro de 1968, no número 4 da revista Enseignement programmé (*Hachette/Dunod*)

Título original
L'art et la manière d'aborder son chef de service pour lui demander une augmentation

Capa
Elisa v. Randow

Preparação
Márcia Copola

Revisão
Ana Maria Barbosa
Veridiana Maenaka

Dados Internacionais de Catalogação na Publicação (CIP)
(Câmara Brasileira do Livro, SP, Brasil)

Perec, Georges, 1936-1982.
A arte e a maneira de abordar seu chefe para pedir um aumento / Georges Perec ; tradução Bernardo Carvalho. — São Paulo : Companhia das Letras, 2010.

Título original : L'art et la manière d'aborder son chef de service pour lui demander une augmentation.
ISBN 978-85-359-1603-4

1. Humorismo francês I. Título.

10-00576 CDD-848.02

Índice para catálogo sistemático:
1. Humorismo : Literatura francesa 848.02

[2010]
Todos os direitos desta edição reservados à
EDITORA SCHWARCZ LTDA.
Rua Bandeira Paulista, 702, cj. 32
04532-002 — São Paulo — SP
Telefone (11) 3707-3500
Fax (11) 3707-3501
www.companhiadasletras.com.br

A ARTE E A MANEIRA DE ABORDAR SEU CHEFE PARA PEDIR UM AUMENTO

Tendo refletido judiciosamente tendo tomado coragem você decide procurar seu chefe imediato para pedir um aumento vai então procurar seu chefe imediato digamos para simplificar que ele se chame senhor xavier isto é senhor ou melhor sr x então você vai procurar o sr x e das duas uma ou bem o sr x está na sala dele ou bem o sr x não está na sala dele se o sr x estivesse na sala dele não haveria aparentemente nenhum problema mas é claro que o sr x não está na sala dele e a você não resta portanto nada a fazer além de aguardar à espreita no corredor a volta ou a chegada dele mas suponhamos não que ele não chegue nesse caso só lhe restaria uma solução retornar à sua própria sala e esperar a tarde ou o dia seguinte para recomeçar sua tentativa mas o que se vê todos os dias é que ele demora a voltar nesse caso o melhor que você tem a fazer em vez de ficar andando de um lado para outro no corredor é ir ter com a sua colega srta y que para dar mais humanidade à nossa seca demonstração chamaremos doravante srta yolanda mas das duas uma ou a srta yolanda está na sala dela ou a srta yolanda não está na sala dela se a srta yolanda estiver na sala dela não haverá aparentemente nenhum problema mas suponhamos que a srta yolanda não esteja na sala dela nesse caso ficando subentendido que você não tem vontade de prosseguir andando de um lado para outro no corredor à espera da volta hipotética ou da chegada eventual do sr x uma única solução se lhe oferece dar um giro pelas diversas seções cujo conjunto constitui a totalidade ou parte da organização que o emprega e depois voltar à sala do sr x na esperança de que dessa vez ele tenha chegado ou das duas uma que o sr x esteja em sua sala ou que o sr x não esteja em sua sala admitamos que ele não esteja então você vai ficar à espreita aguardando sua volta ou sua chegada andando de um lado para outro no corredor sim mas suponhamos que ele demore a chegar nesse caso você vai ver se a srta yolanda está na sala dela e das duas uma ou bem ela está ou bem ela não está se ela não estiver o melhor que você tem a fazer é dar um giro pelas diversas seções cujo conjunto constitui a totalidade ou parte da organização que o emprega mas suponhamos antes que ela esteja na sala dela a srta yolanda nesse caso das duas uma ou bem a srta yolanda está de bom humor ou bem a srta yolanda não está de bom humor suponhamos para começar que a srta yolanda não esteja mas nem um pouco de bom humor nesse caso sem querer desencorajá-lo dê um giro pelas diversas seções cujo conjunto constitui a totalidade ou parte da organização que o emprega e em seguida volte à sala do sr x contando que ele tenha chegado pois das duas uma ou o sr x vai estar na sala dele ou o sr x não vai estar na sala dele assim como você pois se você não está na sua sala então por que é que o sr x deveria estar na dele talvez ele esteja na sua sala e não na dele justamente com a intenção de lhe passar um sabão quando você voltar ou talvez ele esteja andando de um lado para outro diante da sala do chefe dele que se chama zóstenes e que chamaremos doravante sr z então o sr x não está na sala dele e por conseguinte você aguarda a volta ou a chegada dele andando de um lado para outro no corredor contíguo à sala dele não é difícil admitir que pode levar um certo tempo até o sr x chegar ou voltar assim nós lhe aconselhamos para matar o tédio que a sua monótona deambulação corre o risco de provocar a ir conversar um instante com sua colega a srta yolanda contanto é claro não apenas que a srta yolanda esteja na sala dela pois se ela não estiver não lhe restará outra escolha senão ir dar um giro pelas diversas seções cujo conjunto constitui a totalidade ou parte da organização que o emprega a menos que volte à sua sala e espere por momentos mais faustos mas também que ela esteja de bom humor se a srta yolanda estiver na sala dela mas não estiver de bom humor dê um giro pelas diversas seções cujo conjunto constitui a totalidade ou parte da organização que o emprega mas suponhamos antes para simplificar pois sempre é bom simplificar que a srta yolanda esteja ao mesmo tempo na sala e de bom humor nesse caso você vai entrar na sala da srta yolanda e tricotar um bocadinho com ela seja como for e das duas uma a partir de uma certa hora ou bem você vai perceber o sr x chegando ou voltando à sala dele ou bem você não vai perceber o sr x chegando ou voltando à sala dele suponhamos a eventualidade mais verossímil a saber que você não vai perceber o sr x pela simples razão de que o sr x não vai voltar ou seja eliminando a hipótese desastrosa para a nossa demonstração de uma chegada ou de uma volta do sr x que você não visse por estar ocupado a conversar com a srta yolanda nesse caso você deverá continuar a conversa com a srta yolanda a menos que por uma infelicidade essa conversa deixe a srta yolanda de mau humor se esta última eventualidade ocorresse só lhe restaria dar um novo giro pelas diversas seções cujo conjunto constitui a totalidade ou parte da organização que o emprega e depois voltar pensativo à sua sala à espera de melhores dias mas vai acabar surgindo um momento em que conversando com a srta yolanda você verá passar o sr x chegando ou voltando à sala dele então você deverá agir com tato e celeridade e achar um bom pretexto para sair da sala da srta yolanda sem melindrá-la se não quiser que na

próxima vez ela não o deixe tricotar um bocadinho com ela o que o obrigaria a fazer e refazer o giro pelas diversas seções cujo conjunto constitui a totalidade ou parte da organização que o emprega giros esses que com o tempo terminariam parecendo suspeitos e o indispondo talvez até com o seu chefe imediato e esse não é evidentemente o seu objetivo portanto você vai encontrar um bom pretexto para sair dirá por exemplo preciso cortar a unha do canário ou temo ter engolido uma espinha no almoço ou me desculpe mas preciso me vacinar contra o sarampo e irá ao encontro do sr x achando com toda a razão já que acabou de vê-lo passar que o sr x só pode estar agora de fato na sala dele e nós vamos supor para simplificar pois sempre é bom simplificar que efetivamente o sr x está na sala dele ainda que não se deva nunca esquecer como disse Ionesco que quando batemos à porta às vezes há alguém e outras vezes não há ninguém a verdade estando como todos sabemos entre uma coisa e outra portanto o sr x está na sala dele e como o sr x é seu superior hierárquico você bate antes de entrar e espera a resposta dele evidentemente e das duas uma ou bem o sr x levanta a cabeça ou bem o sr x não levanta a cabeça se ele levantar a cabeça isso significa pelo menos que ele notou a sua batida e que tem a intenção de responder ou pela afirmativa ou pela negativa opção que não tardará a se esclarecer e que poderemos então analisar mas se ele não levantar a cabeça e continuar a fazer uma ligação telefônica a folhear com atenção um dossiê a encher a caneta de tinta ou seja entregue à ocupação que o ocupava na hora em que você bateu isso significa ou bem que ele não o ouviu e no entanto tenho certeza de que você bateu de um modo claro e distinto ou bem que ele não quer ouvi-lo de qualquer jeito para você dá exatamente na mesma pois se ele não o ouviu seria impróprio para não dizer indecoroso insistir portanto se ele não levantar a cabeça você vai voltar ao seu lugar e decidir tentar a sorte de novo à tarde ou no dia seguinte ou na próxima terça ou quarenta dias depois é claro que será necessário quando for falar com o sr x que ele esteja na sala dele se ele não estiver você aguardará a sua volta à espreita no corredor e se ele demorar você vai falar com a srta yolanda e se a srta yolanda tampouco estiver na sala dela vai dar um giro pelas diversas seções cujo conjunto constitui a totalidade ou parte da organização que o usa e depois vai voltar à sala do sr x e se ele ainda não estiver lá vai esperá-lo no corredor ou vai ter com a srta yolanda contanto não somente que ela esteja lá mas também que esteja de bom humor senão você dará um giro pelas diversas seções cujo conjunto constitui a totalidade ou parte da organização que o emprega e depois voltará à sala do sr x e se ele não estiver lá andará de um lado para outro no corredor enquanto o espera e depois se ele demorar você vai ter com a srta yolanda admitindo primeiro que ela esteja na sala dela e depois que o humor dela esteja bom e confirmados ambos os casos vai ficar conversando com a srta yolanda até ver o sr x entrando ou voltando à sala dele a simplicidade dessa sequência condicional nos autoriza aliás a considerar o caso não de todo excepcional ainda que relativamente remoto de o sr x estar na sala dele no momento em que você for procurá-lo poupando-lhe assim a espera no corredor a averiguação da presença da srta yolanda na sala dela a estimativa sempre aleatória do humor da srta yolanda e a travessia das diversas seções cujo conjunto constitui a totalidade ou parte da organização que o explora então o sr x está na sala dele e como o sr x é seu superior hierárquico você bate antes de entrar depois espera a resposta dele evidentemente se ele não responder só lhe restará começar tudo de novo de modo que seremos levados a admitir por um nobre desejo de simplificação pois sempre é bom simplificar que excepcionalmente quando você bater o sr x estará realmente na sala dele e realmente levantará a cabeça isso querendo dizer de fato que ele o ouviu mas de jeito nenhum que pretende recebê-lo imediatamente na verdade o vasto leque de signos e portanto de mensagens das quais se fará acompanhar a resposta dele pode se organizar em três grupos principais que determinarão para você três estratégias específicas primeiro ele pode muito bem lhe dar a entender por exemplo com o meneio da cabeça duas ou três vezes na horizontal da direita para a esquerda e da esquerda para a direita ou com um olhar furibundo que dirá muito sobre a recusa dele a cooperar ou com uma mensagem tão verbal quanto intempestiva que ele não tem a menor intenção de recebê-lo nem imediatamente nem num futuro próximo nem mesmo num futuro distante mas teremos razão de achar essa hipótese demasiado pessimista e até mesmo francamente destruidora de modo que não a conservaremos por outro lado seria demasiado otimista e quase crente imaginar que o seu chefe imediato vá menear a cabeça na vertical de baixo para cima e de cima para baixo ou lhe dispensar seu

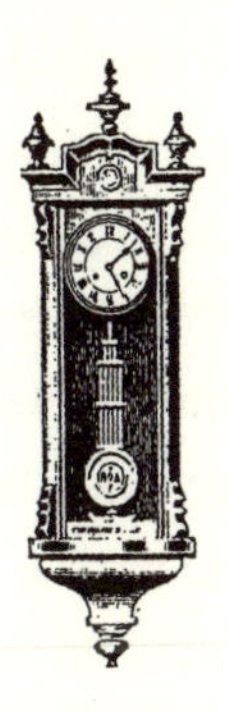

mais gracioso sorriso que ele vá como eu dizia convidá-lo a entrar de uma vez na verdade essa hipótese é tão improvável tão desmentida pelos fatos do dia a dia que nós a julgaremos tão impossível quanto a precedente o que é claro nos conduz à terceira a qual consiste numa mensagem contemporizadora articulada em sua exclusiva intenção por seu chefe imediato admitindo sua visita possível no fim de um prazo mais ou menos longo em suma digamos claramente o seu chefe imediato não pode ou não quer recebê-lo agora mas a priori nada tem contra a entrevista que você lhe solicita e ele pede que você faça a gentileza de se apresentar à sala dele às 14h30 dado que neste momento em que lhe falo são 9h30 você não vai evidentemente esperar até as duas e meia nem no corredor nem na sala da srta yolanda nem dando um giro pelas diversas seções cujo conjunto constitui a totalidade ou parte da organização que o emprega então você volta para o seu lugar e ali você reflete ok o seu chefe imediato lhe disse magnânimo para voltar às 14h30 ok você sabe que o seu chefe imediato é um homem de palavra senão não seria seu chefe imediato ok você sabe que ele não é leviano mas você está bastante acostumado aos imprevistos para não falar das trapaças da existência para saber que e em especial na empresa que o remunera às vezes não é preciso muito para alterar o humor de um chefe imediato não obstante ser ele o melhor homem do mundo e que tal proposta feita às nove e meia corre o grande risco de não valer mais nada às catorze e trinta nem que seja apenas por se intercalar nesse intervalo o instante sempre crucial do almoço instituição cujo desenrolar mais ou menos feliz tem sempre consequências mais ou menos nefastas sobre a disposição do seu interlocutor você tem portanto o maior interesse em reunir algumas informações sobre o cardápio da lanchonete e em vigiar pelo canto do olho o comportamento alimentar do seu superior hierárquico ao longo da refeição do meio-dia vários casos podem se apresentar e cada um exigirá da sua parte uma resposta adequada suponhamos assim que seja sexta-feira e das duas uma ou bem a lanchonete está servindo peixe ou bem a lanchonete está servindo ovos suponhamos que a lanchonete esteja servindo peixe e das duas uma ou bem o seu superior hierárquico engoliu uma espinha ou bem o seu superior hierárquico não engoliu uma espinha suponhamos que o seu chefe imediato que é ao mesmo tempo seu superior hierárquico tenha engolido uma espinha nesse caso não cometa o erro quase fatal de se apresentar na sala do seu chefe imediato às 14h30 mas espere o dia seguinte o que por sua vez não é muito prático já que o dia seguinte a sexta-feira é sábado e aos sábados você não trabalha mas esse é um problema delicado que nós nos propomos a analisar mais de perto daqui a pouco vamos supor portanto para simplificar pois sempre é bom simplificar que ainda que a lanchonete tenha servido peixe na refeição do meio-dia o seu chefe imediato não engoliu nenhuma espinha e por conseguinte você não vai mudar nada nos seus planos e espera confiante duas horas e meia aliás para simplificar ainda mais podemos supor que a lanchonete não serviu peixe mesmo sendo sexta-feira o que nos leva a supor que serviram ovos e nesse caso das duas uma ou esses ovos estavam podres ou esses ovos não estavam podres suponhamos que os ovos estivessem podres você se vê pedindo aumento a um chefe imediato à beira de uma intoxicação alimentar talvez grave não claro que não então espere o dia seguinte e se cuide bastante durante o fim de semana mas não há nenhuma razão para achar que a lanchonete vá servir ovos podres sempre e por conseguinte você poderá no dia em que a lanchonete servir ovos não podres esperar tranquilamente até as duas e meia antes de ir ter com o seu chefe imediato vamos supor para simplificar pois sempre é bom simplificar que o seu superior hierárquico goste de ovos e vamos admitir resolvido o problema de saber distinguir o estado mais ou menos avançado dos ovos suponhamos então que não é sexta-feira por várias razões isso é preferível a lanchonete tem menos chances de servir peixe ou ovos e seu chefe imediato corre menos riscos de engolir uma espinha ou de se intoxicar com ovos podres aliás se o seu chefe imediato o convoca para o dia seguinte esse dia seguinte não pode ser sábado o que lhe facilita a empreitada entretanto não cometa o erro de crer que só porque não é sexta-feira não há mais o problema do almoço na verdade podemos muito bem estar na quaresma e nesse caso das duas uma ou bem havia peixe na refeição do meio-dia ou bem havia ovos na refeição do meio-dia se havia peixe ou bem o seu chefe imediato engoliu uma espinha ou bem o seu chefe imediato não engoliu uma espinha se ele não engoliu uma espinha espere calmamente até de tarde se ele engoliu uma espinha espere com a maior calma possível até amanhã ou melhor espere até o fim da quaresma não vamos considerar o caso embora altamente provável haja vista o seu estado de grande febrilidade no qual você mesmo poderia engolir uma espinha esse é um problema que só diz respeito a você e o melhor seria engolir miolo de pão é um remédio caseiro mas comprovado basta perguntar ao seu chefe imediato suponhamos antes que serviram ovos das duas uma ou bem esses ovos estavam podres ou bem esses ovos não estavam podres se não estavam podres as erupções vermelhas que você poderá notar no rosto do seu chefe imediato devem ter outra causa talvez o sarampo mas se esses ovos estavam num estado avançado tal como temíamos tudo nos leva a crer num início de intoxicação para todos aqueles que caíram na tentação de ingurgitá-los e se o seu chefe imediato estava entre eles espere ao menos até amanhã a não ser que seja realmente sério pois se for você deverá esperar ou bem até o fim da quaresma ou bem até que o seu chefe imediato esteja completamente recuperado o que poderá levar alguns dias algumas semanas ou alguns meses ou bem até que tenham lhe designado um substituto com o qual você procederá exatamente como procedeu com esse aqui a menos que não seja precisamente você que oxalá tenham escolhido para suceder o seu finado chefe imediato pois assim o problema do seu aumento já não terá tanta urgência e você vai esperar algumas semanas alguns meses ou alguns anos antes de ir ter com o seu chefe de departamento ou com o presidente da empresa que o emprega para lhe transmitir o seu desideratum será que a arte e a maneira de abordar um chefe de departamento ou presidente para pedir um aumento tem ou não tem alguma relação com a arte e a maneira de abordar um chefe imediato com a mesma intenção esse é um grave problema que os dados de que dispomos atualmente não nos permitem solucionar nem mesmo considerar com uma aparência de realismo de modo que nós vamos supor para simplificar pois sempre é bom simplificar ou bem que não é sexta-feira nem um dia da quaresma ou bem que estamos numa empresa profundamente arraigada aos princípios laicos elementares ou bem que serviram filés de linguado ou ovos frescos tudo isso apenas para voltar a este simples conselho nunca vá ter com seu chefe imediato numa sexta-feira ou num dia de quaresma logo estando o problema do almoço aparentemente resolvido você se vê assegurado da boa receptividade do seu chefe imediato a menos é claro que seja segunda-feira se for segunda-feira espere até terça só muito burro mesmo para ir pedir um aumento ao chefe imediato numa segunda-feira tão burro quanto ir falar com ele numa sexta à tarde ou em qualquer tarde durante a quaresma expondo-se assim a ter que tratar de problemas espinhosos diante de um indivíduo que em vez de escutá-lo passa o tempo se perguntando se os ovos que acabou de ingurgitar eram realmente frescos ou se

engoliu miolo de pão suficiente para fazer passar a espinha que ele teve a infelicidade de engolir verdade seja dita de um modo geral nunca é muito feliz abordar um chefe imediato na hora em que suas funções gástricas têm todas as chances de atropelar suas funções administrativo-hierárquico-profissionais é muito melhor ir vê-lo de manhã mas enfim já que ele mesmo o convidou a ir vê-lo às 14h30 só lhe resta acatar são portanto 14h30 você vai falar com o sr x das duas uma ou bem o sr x está na sala dele ou bem ele não está na sala dele você vai me dizer que tendo ele lhe dito para se apresentar às 14h30 ele deveria estar de todo modo na sala dele às 14h30 por certo por certo mas isso seria conhecer mal a alma astuta e às vezes até mesmo trapaceira dos superiores hierárquicos o sr x para deixar bem claro que ele é o seu chefe imediato pode muito bem ter lhe dito para vir às duas e meia e não estar às duas e meia na sala dele é precisamente um direito dele é mesmo dirão alguns um dever dele que é que você pode fazer não desespere jamais deixe estar mais um pouco já que o sr x lhe disse que o receberia às 14h30 certamente não vai demorar a vir você vai ficar portanto andando de um lado para outro no corredor à espera da volta dele e se ele demorar um pouco você vai conversar alguns instantes com a srta yolanda se entretanto a srta yolanda estiver na sala dela se a srta yolanda não estiver na sala dela você dará um giro pelas diversas seções cujo conjunto constitui a totalidade ou parte da organização que o emprega digamos antes que o explora e depois vai voltar para tentar a sorte um pouco mais tarde pode ser que mesmo então o sr x não esteja na sala dele não seja por isso espere-o no corredor e depois se ele demorar a vir vá tricotar um bocadinho à maneira da cosette como diriam victor hugo e roland bacri com a srta yolanda contanto não somente que a srta yolanda esteja na sua sala mas também que ela esteja de bom humor senão você dará um giro pelas diversas seções cujo conjunto constitui a totalidade ou parte da organização da qual você não é uma das joias mais brilhantes maldizendo para si mesmo a má-fé do seu hierárquico superior mas se por outro lado a srta yolanda estiver na sala dela com um humor tão excelente quanto de costume você poderá na companhia dela se estender mais ou menos longamente sobre a qualidade do peixe que serviram no almoço ou sobre o estado avançado dos ovos ou sobre a dificuldade de pegar o sr x de jeito minha nossa esse será para você ao menos assim esperamos justamente o momento eisque você verá o sr x passar e se apressará para arrumar um pretexto aceitável por exemplo tenho que ir cortar a unha do canário ou temo ter engolido uma espinha ou me pergunto se aqueles ovos não estavam podres ou você está com erupções vermelhas no rosto não teria pegado sarampo e depois você vai bater à sala do sr x não há a priori nenhuma razão para ele não estar ali e não há a priori nenhuma razão para que ele não levante a cabeça ao ouvir o seu toquetoquetoque nem para que ele não o convide a entrar e a se explicar já que em princípio foi ele mesmo quem lhe pediu para voltar às duas e meia e é culpa dele e não sua se já são quinze horas e doze minutos contudo não seria exagerado da nossa parte preveni-lo a se aconselhar ou melhor aconselhá-lo a se prevenir e a ter em vista o caso ou melhor os casos em que ou bem ele realmente não levanta a cabeça ao seu chamado ou bem ele levanta a cabeça mas para expressar claramente que não pode ou não quer sendo que esse não poder e esse não querer dão absolutamente na mesma para você recebê-lo ou bem que ele está disposto a recebê-lo mas não agora somente na manhã seguinte ou na tarde seguinte às duas e meia pois é essas coisas acontecem o dia seguinte é sexta-feira e você terá que prestar atenção no cardápio do dia pois se houver peixe o seu chefe imediato corre o sério risco de engolir uma espinha e de ficar subsequentemente no maior mau humor o que não vai ajudar em nada os seus negócios ou bem se por sorte não houver peixe então é porque haverá ovos e esses ovos podem estar podres sendo bem possível que o seu chefe imediato passe mal aliás mesmo se hoje não for quinta-feira véspera de sexta-feira o dia seguinte pode muito bem ser o primeiro dia da quaresma o que teria ou correria o risco de levar às mesmas consequências do ponto de vista do almoço e portanto do estado de receptividade do seu chefe imediato que na certa se irritará se você o incomodar no momento em que estiver se perguntando sobre o frescor dos ovos ou sobre o futuro da espinha que está entalada no seu esôfago e ainda que o dia seguinte não seja uma sexta-feira nem o primeiro nem qualquer outro dia da quaresma cuide que não seja um sábado pois aos sábados o seu chefe imediato não vai ao escritório aliás tampouco você essa é inclusive uma das únicas vantagens da empresa que o usa nem um domingo o que é impossível já que a véspera do domingo é o sábado e aos sábados você não vai trabalhar nem uma segunda-feira o que tem um aspecto paradoxal embora não o seja pois em termos do setor terciário o dia seguinte à sexta é a segunda-feira se então o seu chefe imediato lhe diz na sexta de manhã para voltar na sexta à tarde e se na sexta à tarde ele o transfere para segunda de manhã não tanto por estar de má vontade para recebê-lo mas porque engoliu uma espinha ou porque tem todas as razões para pensar que os ovos que ele repetiu duas vezes estavam podres o que provoca nele inquietações que você só pode achar legítimas veja bem que na segunda de manhã ele terá ainda mais razões para estar pouco disposto a escutar as suas sórdidas reivindicações materiais e que mais vale já que é para voltar tentar a sorte na terça de manhã ou na terça à tarde suponhamos então que você volte na terça de manhã evidentemente o sr x não está na sala dele nem a srta yolanda o que o leva a dar um giro pelas diversas seções cujo conjunto constitui a totalidade ou parte da organização que lhe paga para dar um giro pelas diversas seções cujo conjunto constitui a totalidade ou parte de uma das maiores empresas de um dos setores mais essenciais da nossa mais nacional indústria em contrapartida na terça à tarde você volta o seu chefe imediato está na sala dele você bate à porta ele levanta a cabeça ele assente com a cabeça enfim ele lhe diz para entrar o que poderia se explicar pelo fato de terem servido no almoço não o peixe nem os ovos mas ovas de peixe e que não há nada como o caviar para deixar o seu superior alegre evidentemente você entra já que ele lhe disse que era para entrar você não assume um ar incrédulo você esquece todo o rancor e você se abstém de observar ao seu chefe imediato que já que entrou finalmente na sala dele ele poderia muito bem tê-lo recebido três semanas antes quando pela primeira vez decidido a pedir um aumento você tomou coragem e foi bater à porta da sala dele onde aliás ele não estava esqueçamos tudo isso afinal você chegou não aos seus fins mas pelo menos ao instante solene em que vai poder expor o seu problema evidentemente seria melhor que estivesse sentado pois é delicado expor o seu problema de peito aberto em pé ainda que fosse diante do mais benevolente dos chefes ora até onde eu sei você continua em pé e não pode evidentemente sentar-se antes de seu chefe imediato convidá-lo expressamente a fazê-lo logo das duas uma ou bem ele o convida a sentar-se ou bem ele não o convida a sentar-se se ele o convida a pegar uma cadeira e secundariamente a tranquilizar-se tudo na certa poderá correr se não

para melhor pelo menos conforme um processo cujo exato encadeamento você mais ou menos prevê mas o que fazer se ele não lhe oferecer uma cadeira não vá pensar que o caso seja tão improvável e não vá deduzir se ele o deixar em pé que ele o despreza ou o ignora não é isso necessariamente é mais provável que ele esteja arrebatado por algum aborrecimento doméstico como quem não quer nada pergunte se uma de suas filhas está com sarampo ele responderá sim ou não se ele lhe disser que sim que uma de suas filhas pegou sarampo certifique-se discretamente é claro que ele não esteja com erupções vermelhas no rosto respire fundo relaxe e exponha com uma voz inteligível o seu problema mas se ele estiver com erupções vermelhas no rosto arrume qualquer pretexto por exemplo putz preciso ir cortar a unha do canário ou temo ter engolido uma espinha ou me pergunto se não estavam um tanto podres os ovos que nos serviram no almoço ou puxa me parece que a srta yolanda está me chamando chame os primeiros socorros e tranque o seu patrão na sala dele durante quarenta dias úteis isto é durante oito semanas no final dessas oito semanas volte para falar com o seu patrão ele tem todas as chances de estar na sala dele mas talvez ele se recuse a recebê-lo nesse caso você voltará a tentar a sorte um pouco mais tarde de preferência uma manhã e nem numa segunda nem numa sexta nem num dia de quaresma lembre-se que se o sr x não estiver na sala dele no momento em que você for lhe pedir uma audiência você ainda poderá esperá-lo andando de um lado para outro no corredor ou se ele demorar conversando com a srta yolanda se entretanto ela estiver na sala dela e se ela estiver de bom humor ou dando um giro pelas diversas seções cujo conjunto constitui a totalidade ou parte do consórcio onde por um salário miserável você desperdiça os melhores anos da sua vida suponhamos antes que tudo corra bem convocado numa quarta-feira às duas e meia pelo sr x você se encontra efetivamente na sala dele na terça-feira seguinte às dez horas em ponto ele o fez entrar mas não lhe ofereceu uma cadeira você lhe pergunta portanto se uma das filhas dele está com sarampo e ele responde que não não acredite ou antes não creia que isso queira dizer nenhuma das minhas filhas está com sarampo a menos que você saiba de fonte segura que o sr x tem somente uma filha mas é muito mais provável que ele tenha quatro em todo caso é o que está escrito no organograma e esse tipo de coisa não se inventa você vai lhe perguntar então se duas das suas filhas estão com sarampo ele responderá sim ou não se ele responder sim que duas das suas filhas estão com sarampo nem será preciso examiná-lo de perto para ver se ele tem ou não erupções vermelhas melhor será sair sob um falso pretexto por exemplo putz meu canário ou ai uma espinha ou ainda os ovos do almoço me pergunto se ou mesmo olha só estão me chamando deve ser a srta yolanda que precisa de mim para uma questão T60 assim que sair corra ao serviço de segundos socorros e faça com que tranquem o sr x na sala dele durante o período regulamentar de incubação ou seja durante quarenta dias úteis passado esse lapso de tempo volte para falar com o sr x de preferência numa terça ou numa quarta pois está mais do que claro que se você for vê-lo numa quinta-feira e ele o transferir para sexta-feira você ficará de novo com o problema do almoço do peixe e dos ovos nas mãos e é

melhor contar com toda a sorte do seu lado se por acaso o sr x tiver conseguido sair nesse meio-tempo e ainda não estiver de volta espere pelo seu retorno seja andando de um lado para outro no corredor seja conversando com a srta yolanda se a srta yolanda ainda não estiver aposentada e se ela ainda estiver com um humor tão encantador quanto no passado seja enfim dando um giro pelas diversas seções cujo conjunto constitui a totalidade ou parte da empresa com a qual você faz mal em se identificar como quem não quer nada verifique o cardápio do almoço e vacine-se contra o sarampo e depois volte com o coração cheio de esperança à sala do sr x nós vamos supor para simplificar pois sempre é bom simplificar que o sr x esteja na sala dele que levante a cabeça quando você bater à porta e que lhe faça sinal para entrar mas ele continua sem lhe oferecer a cadeira você lhe pergunta portanto se uma de suas filhas está com sarampo ele responde que não se duas de suas filhas estão com sarampo ele responde que não num certo sentido é uma boa resposta mas que também pode dissimular uma verdade pior a saber que três das filhas dele estejam com sarampo faça a pergunta francamente se o seu chefe imediato responder que sim três de suas filhas estão com sarampo saia precipitadamente nem será necessário arrumar um pretexto qualquer alerte os segundos e os primeiros socorros mande trancar o seu chefe imediato e aliás todo o departamento e também os departamentos vizinhos durante quarenta dias úteis e isole-se no seu canto em 1966 dos 18 931 casos de sarampo declarados 109 se comprovaram fatais o que lhe deixa com boas chances mais ou menos 99,5% o sarampo é uma febre eruptiva contagiosa e epidêmica caracterizada por uma flegmasia cutânea leve ou se preferirmos por um exantema formado por pequenas manchas vermelhas pouco salientes sobre a pele ele é precedido e acompanhado de febre de coriza de angina de lacrimejamento e de tosse suas principais complicações são a broncopneumonia as laringites e as encefalites é tratado com eficácia por sulfamidas ou pela penicilina é melhor do que pegar escarlatina no final de quarenta dias ainda lhe será possível procurar o advogado-conselheiro da empresa para pedir indenização por perdas e danos se o advogado-conselheiro não estiver na sala dele você vai esperá-lo no corredor ou poderá tricotar um bocadinho com a srta hermelina contanto que ela esteja na sala dela e de bom humor ou poderá dar um giro pelas diversas seções cujo conjunto constitui a totalidade ou parte da empresa que defende os interesses da empresa que o emprega vamos considerar porém não obstante o caráter contagioso bem conhecido da doença acima descrita que a presença simultânea de três sarampos no seio de uma mesma família constitui um acontecimento bastante excepcional para que o chefe da dita-cuja que é ao mesmo tempo o seu chefe imediato perceba a tempo de tomar todas as medidas necessárias para o bem-estar coletivo da empresa que também o emprega e que por conseguinte é provável que ao menos uma vez ele lhe responderá que não três de suas filhas não estão com sarampo por certo o que é verdadeiro para três não o é necessariamente para quatro e é bem sabido que o sarampo fica incubado o quarto rebento do seu superior pode muito bem o estar incubando daí a inquietação paterna que o leva a esquecer até mesmo de lhe oferecer uma cadeira portanto fique atento à saúde da menor se lhe responderem que ela inspira certos cuidados espere até ter a confirmação para agir se for realmente sarampo vão acabar sabendo e no fim das contas a essa altura você já não vai morrer por causa de mais quarenta dias se por outro lado o seu chefe imediato lhe responder que não há o menor risco de sarampo à vista evite aferrar-se à pergunta pois terminará por levantar suspeitas na alma todavia pura do seu chefe imediato considere antes que no final de todas essas medidas sanitárias você se mostrou suficientemente atencioso com a própria pessoa do seu chefe imediato e com o que legitimamente é mais caro a ele para ganhar o direito de puxar uma cadeira mesmo sem ter sido expressamente convidado a fazê-lo em outras palavras ou bem você faz como se ao entrar ele tivesse lhe indicado uma cadeira e senta ou bem mantendo-se em pé você faz como se estivesse sentado e começa a falar do problema que o aflige ei-lo portanto diante do que podemos qualificar como um instante crucial pare de se coçar relaxe respire fundo lembre-se que não é necessário esperar para tomar a iniciativa nem ser bem-sucedido para perseverar exponha francamente o seu problema você sabe bem que o que o traz é uma história de somas altas você ganha 750 francos por mês e gostaria de ganhar 7500 você sabe que isso vai ser difícil você aceitaria transigir até 785 francos por mês mais um bônus anual que você desejaria que fosse equivalente a 40 dias úteis para pagar as despesas de incubação você também sabe que o seu chefe imediato percebe claramente o seu jogo e que ele sabe por que você está diante dele roendo as unhas de um modo doentio à procura das palavras você sabe que ele sabe que você sabe e ele sabe que você sabe que ele sabia que você soube que ele saberia que você vai saber em outras palavras você tem a impressão aliás muito justa de que seria delicado desastrado perigoso tratar a questão de chofre seria necessário que você encontrasse um pretexto seria necessário convencer o seu chefe imediato de que você merece esse aumento por exemplo você vai lhe dar uma ideia que a empresa à qual você deve tudo poderia utilizar com proveito você refletiu sobre a situação internacional a concorrência tem se mostrado mais acirrada com a baixa dos direitos alfandegários e a aplicação dessa porra desse acordo de Roma sobre o Mercado Comum dentro de um mês como é que nós vamos vender você é a expansão participemos participemos sempre sobrará alguma coisa quanto menos rápida é a produção menor é a lentidão do consumo e vice-versa et cetera portanto mas o seu chefe imediato que percebe aonde você quer chegar o interrompe perguntando se se trata de uma questão T60 das duas uma ou se trata de uma questão T60 ou não se trata de uma questão T60 mas você não sabe o que é uma questão T60 e infelizmente eu não posso ajudá-lo já que tampouco sei o que é logo você responderá ao acaso e é evidente que você vai responder que de fato se trata de uma questão T60 mas então o seu chefe imediato exclama numa gargalhada francamente sardônica mas se se trata de uma questão T60 isso não faz parte das minhas atribuições vá procurar a seção AD4 que é a única adequada só lhe resta se levantar agradecer ao seu chefe imediato pelo bom conselho que ele lhe deu e ir procurar a seção AD4 que você evidentemente não encontrará enquanto medita sobre o seu infortúnio e jura mas um pouco tarde que não se deixará enganar de novo vai errar portanto de seção em seção e depois voltará para ter com o seu chefe imediato é claro que vai ser preciso primeiro que o seu chefe imediato esteja ali se não estiver espere no corredor o retorno dele se ele demorar a voltar vá ter com a srta yolanda se contudo a srta yolanda estiver na sala dela e se além disso ela não estiver com o humor demasiado ruim mas agora ela já está acostumada a vê-lo portanto se ela estiver ali não há a priori nenhuma razão para que ela o ponha para correr senão você vai dar um giro pelas diversas seções cujo conjunto constitui a totalidade ou parte da vasta organização onde você perde a parte mais luminosa do seu tempo pergunte ao acaso aqui e acolá se não haveria alguém interessado numa questão T60 e depois volte à sala

do sr x e espere até que ele aí esteja o que terá de acontecer uma hora ou outra a menos que ele tenha ficado realmente intoxicado pelos ovos que servidos na véspera não eram do dia ou que tenha ficado indisposto com a ingurgitação de uma espinha na quaresma passada ou que ele esteja incubando um sarampo ou que ele mesmo esteja andando de um lado para outro no corredor que vai dar na sala do sr z o chefe imediato dele para tentar lhe falar de uma questão U120 mas suponhamos que tudo corra bem e que o sr x esteja na sala dele você bate ele não responde são coisas que acontecem não desanime tampouco insista seria de mau gosto é melhor tentar a sorte no dia seguinte de manhã a menos que o dia seguinte caia numa segunda ou numa sexta-feira ou mesmo numa quinta pois se for vê-lo numa quinta e ele ainda não lhe responder terá que voltar não no dia seguinte sexta-feira dia de ovos ou de peixe nem no dia subsequente ao seguinte segunda-feira dia nefasto por estar repleto dos encantamentos do finde mas na terça o que é distante logo mais vale escolher de uma vez ir falar com o seu chefe imediato na terça pois assim se ele o tratar mal pelo menos lhe restará a quarta-feira para tentar de novo a sua sorte portanto você volta à sala do sr x na terça seguinte e ai que alegria lá está ele o sr x na sala dele e ele levanta a cabeça quando você bate é claro que ele se recusa a recebê-lo mas pelo menos o convoca para depois do almoço às 14h30 se por felicidade não estivermos na quaresma há poucas chances de servirem ovos ou peixe na refeição do meio-dia e mesmo se servirem ovos estes não estarão forçosamente podres ou se houver peixe nada obriga o sr x a engolir uma espinha em suma suas chances estão intactas e às 14h30 em ponto você se apresenta à porta do seu chefe imediato o qual não tem nenhuma razão legítima para não estar lá embora esse seja o caso você o espera no corredor e depois como ele demora você vai ver se a srta yolanda está na sala dela não ela não está então você dá um giro pelas diversas seções cujo conjunto constitui a totalidade ou parte da organização tentacular que lhe garante avaramente os meios de sua sobrevivência no dia seguinte quarta-feira lá está você outra vez plantado diante da sala do seu chefe imediato admitamos para simplificar pois sempre é bom simplificar senão terminaríamos sem conseguir mais nos achar que ele está na sala dele o seu chefe imediato você bate ele levanta a cabeça e faz um sinal para você entrar suponhamos que ele se esqueça de lhe oferecer uma cadeira mas que lhe afirme que nem uma nem duas nem três das filhas dele estão com sarampo e que a quarta não corre nem mesmo o risco de contraí-lo lembre-se que no caso contrário seria preciso sair mais ou menos precipitadamente conforme a gravidade da situação prevenir os primeiros os segundos ou os dois socorros ao mesmo tempo trancar seu chefe imediato durante quarenta dias úteis com uma provisão de sulfamidas e/ou penicilina e isolar-se você mesmo mas se mesmo esquecendo de lhe oferecer uma cadeira ele lhe afirma que na família dele tudo está bem isso significa que você agora tem uma pequena pequenina uma minúscula uma derrisória chance de alcançar os seus fins por certo você não vai ousar se dirigir a ele um chefe à queima-roupa eu queria ganhar mais seria desastrado você deve encontrar um pretexto sem se complicar demasiado portanto você toma para si a empreitada de explicar a seu chefe imediato que preocupado com o equilíbrio organizacional da empresa que é para você como uma segunda mãe inquieto e ao mesmo tempo exaltado com a acentuação da concorrência corroborada pelas estruturações recentes do Mercado dentro de um mês como é que nós vamos comprar o outro é a expansão trabalhar para produzir é produzir para consumir e vice-versa et cetera você pensou mutatis mutandis que desculpe que fará o seu chefe imediato será que não se trata de uma questão T60 das duas uma ou bem se trata de uma questão T60 ou bem não se trata de uma questão T60 levando-se em conta que você continua sem saber o que é uma questão T60 você pode responder qualquer coisa mas sobretudo não responda sim pois nesse caso o seu chefe imediato ficaria em vantagem para dizer que a sua ideia pouco lhe interessa que ela concerne à seção AD4 ou ao departamento de entregas ao contencioso à cantina aos primeiros ou aos segundos socorros à seção de relações exteriores à srta yolanda ou ao advogado-conselheiro e tudo teria de recomeçar não por piedade não portanto responda que precisamente não se trata de uma questão T60 masaí masaí que fará o seu chefe imediato aqui se trata portanto de outro projeto das duas uma ou bem você diz mentindo sim ou bem cansado de mentir você diz não praticamente obrigando o seu chefe imediato a pronunciar a palavra aumento primeiro suponhamos que querendo dar uma de esperto o que é um erro mas não antecipemos você diga que sim trata-se de outro projeto sou todo ouvidos dirá o seu chefe imediato assim só lhe restará expor a sua ideia o seu projeto ao chefe imediato por certo antes é preciso que essa ideia interesse ao seu chefe imediato suponhamos que ela não lhe interesse o que é muito mais provável onde já se viu um chefe imediato se interessar por uma ideia proposta por um dos seus subordinados no máximo ele vai ver aí por si mesmo uma sugestão interessante que ele vai correr para propor ao chefe dele o sr z assim que este tiver se recuperado pois tendo comido uma omelete preparada com amor pela mais jovem de suas filhas ele contraiu sarampo portanto o seu chefe imediato vai fingir que achou a sua proposta extremamente aborrecida banal e como se não bastasse totalmente irrealizável e para terminar vai lhe pedir num tom particularmente frio para pôr tudo num pedaço de papel que irá direto para o cesto de lixo logo só lhe restará sair não desanime no fim das contas até que você não ganha tão mal assim a sua vida será que tem mesmo necessidade de um aumento bastaria cortar o supérfluo o aquecimento as roupas os transportes passar a fazer todas as refeições do meio-dia na cantina e comer verduras cozidas à noite para conseguir fechar o mês aliás é bem sabido que as verduras cozidas estimulam a imaginação criativa e no final de alguns meses você tem uma ideia pouco banal que você pensa que vai fascinar o seu chefe imediato e permitirá que você lhe insinue algumas alusões a uma eventual melhora nos seus emolumentos você vai portanto ter com o seu chefe imediato ele não está na sala dele você o espera no corredor mas como ele

demora a voltar você vai ver se a srta yolanda está na sala dela ela está mas o recebe com quatro mãos na pedra então você dá um giro pelas diversas seções cujo conjunto constitui a totalidade ou parte da empresa que constitui o seu único horizonte e depois volta para falar com o sr x que está na sala dele e que levanta a cabeça quando você bate mas lhe faz um sinal de que está ocupado e que o verá no dia seguinte sem falta às 14h30 infelizmente o dia seguinte cai numa quinta-feira e o sr x aproveita que suas filhas não têm aula para levá-las ao instituto pasteur para tomar vacina no dia seguinte sexta-feira você nem mesmo tenta aliás você ficou meio engasgado com uma espinha e está mais do que três quartos afônico o sr x entra em férias anuais na terça seguinte é um acaso culpa da falta de sorte você não tem nada a fazer no dia em que ele volta você contrai sarampo e depois a srta yolanda por sua vez sai de férias e depois a conjuntura econômica obriga a sua organização a fazer sérios cortes de pessoal por milagre você é poupado o que prova que nem sempre se deve ser pessimista mas não é o melhor momento para pedir um aumento e além disso estamos na quaresma e depois é você quem sai de folga na volta você descobre sem surpresa que o sr x engoliu uma espinha ao comer ovos de galinhas alimentadas com restos de peixe tudo isso ao contrário do que você pensa é muito bom para o seu negócio pois quando oito meses e meio mais tarde você conseguir encurralar o sr x na hora em que ele sai da cantina ele na certa ficará muito contente em vê-lo e o convidará à sala dele no mesmo dia às 14h30 você irá portanto ele estará lá você vai sentar na cadeira que ele lhe oferecer e depois por simples cortesia vai perguntar pela saúde dele e pela saúde da família dele e como vai a sra x e as quatro meninas que coisa triste o sarampo que coisa triste desculpe esqueci o leite no fogo e tenho que sair correndo apresente-se à sala do seu chefe imediato sem hesitação quarenta e um dias mais tarde a menos é claro que esse quadragésimo primeiro dia seja uma quinta uma sexta um sábado um domingo uma segunda um feriado o dia seguinte a um feriado um dia de quaresma ou uma véspera de quaresma restabelecido o sr x certamente responderá ao seu chamado é até possível que o receba na mesma hora e que chegue a lhe oferecer uma cadeira relaxe respire fundo exponha o seu problema não não é uma questão T60 não cometa o erro crasso de dizer que é sim uma questão T60 mesmo se for pois o seu chefe imediato na certa lhe responderá que então não é da conta dele e só lhe restará errar de seção em seção à procura de um problemático especialista na questão T60 diga antes que se trata de outro projeto pois se você começar logo a falar de altas somas o seu chefe imediato talvez ache suspeito você vai expor-lhe portanto a sua ideia com todo o ímpeto de que ainda é capaz das duas uma ou bem o seu chefe imediato vai se interessar pelo que você lhe conta ou bem ele não vai se interessar se ele não se interessar o que é provável você terá perdido o seu tempo suponhamos temos todo o direito que o seu chefe imediato se interesse pelo que você lhe conta aliás não há nada de impossível nisso ao menos teoricamente embora não haja memória de que um caso assim jamais tenha ocorrido portanto o seu chefe imediato se interessa pela sua ideia mas evidentemente das duas uma ou bem ele acha a sua ideia positiva profícua que ela vale a pena ou bem ele a acha estúpida e vai em algumas palavras bem sopesadas fazê-lo compreender que você raciocina como se comesse mosca como uma porta isto é com uma falta de inteligência que confina ou bem com a senilidade precoce ou bem com a idiotia congênita note que tratá-lo de tonto de bobo de cretino de pateta de estabanado de doidivanas de gagá de débil mental de imbecil ou de palerma dá no mesmo uma vez que a sua proposta vai parar no cesto de papéis de qualquer maneira e você voltará de mãos abanando para o seu lugar esperando dias melhores nem é preciso dizer que instruído pela experiência você vai melhorar a sua ideia original de modo que no dia em que tiver novamente a oportunidade de falar de peito aberto com seu chefe imediato ele não possa tratá-lo instantaneamente de filho de uma besta você lhe dá portanto alguns meses pois é sempre melhor pôr a sorte do seu lado você estuda a questão com afinco e depois quando o seu estratagema lhe parecer estar no ponto você volta a ter com o sr x digamos que ele esteja lá e que você não tenha necessidade nem de esperá-lo no corredor nem de ir bater um papo com a srta yolanda nem de dar um giro pelas diversas seções cujo conjunto constitui a totalidade ou parte da firma da qual você não passa de um mísero peão admitamos até mesmo para simplificar pois sempre é bom simplificar que por uma sorte ainda maior o sr x lhe responda convide-o a entrar na sala e chegue até a lhe oferecer uma cadeira e lhe anunciar à queima-roupa que suas quatro filhas vão bem que se casaram e que nenhum dos dezesseis netos parece até agora incubar sarampo ele nem mesmo lhe pergunta o seu chefe imediato se o problema que o traz é ou não uma questão T60 ele parece muito interessado no seu projeto diríamos até que ele ache as suas sugestões profícuas revelando um verdadeiro espírito de observação um senso crítico tão espantoso quanto construtivo em suma uma notável inteligência infelizmente ele não tem tempo para lhe responder não fique bravo pense que o sr x deve estar sobrecarregado que ele passa todo o tempo recebendo ou evitando receber seus vinte e quatro colaboradores seus colegas que como você parecem não ter na cabeça outra ideia além de ir insistir num aumento que de todo jeito só poderia ser mísero e que quando ele consegue no final de longos esforços desencorajar por alguns dias os subordinados ele corre para ter com seu próprio chefe o sr z o qual todavia não para de repeli-lo assim como aos doze colegas dele sem com isso conseguir ele mesmo obter o que quer que seja do subsubsubdiretor adjunto que entretanto ele não para de importunar você aprendeu pois todo fracasso comporta uma lição que deve saber meditar para mais tarde

tirar proveito aprendeu portanto que a tenacidade compensa e no fim de uma nova campanha marcada unicamente por incidentes menores os ovos nem tão frescos a espinha que passa com dificuldade o sarampo que se abate sobre toda a família você se encontra de novo diante do sr x a lhe explicar que o consumo de cola de escritório que representa zero vírgula zero três por milhar do orçamento total da empresa que você ama mais que tudo no mundo poderia diminuir de setenta e três vírgula oitocentos e setenta e um por cento graças à aquisição de uma coladeira automática eletrônica amortizável em 760 semanas e pagável em mensalidades tudo isso parece seduzir o seu chefe imediato muito bem pensado muito bem pensado mesmo ele diz com um sorriso sagaz enquanto um raio de cobiça brilha no seu olhar e a sua cabeleira abundante e calamistrada cintila sob o esplendor púrpura do crepúsculo estival depois aparentemente preparando-se para lhe responder o que constitui um progresso ferrado em relação à entrevista do ano passado ele se propõe a examinar o problema mais de perto e começa a refazer na sua frente os cálculos que o levaram às conclusões complicadas às quais você próprio tinha chegado então das duas uma no fim do seu longo e sábio cálculo ou bem o seu chefe imediato terá compreendido o sentido e o alcance da sua proposta ou bem ele não terá compreendido nada suponhamos que ele não tenha compreendido nada é um pouco desanimador mas não é realmente grave envie o seu chefe imediato ao TV1 você não sabe o que é um TV1 o seu chefe imediato tampouco e eu muito menos digamos que seja um escritório de informações um curso noturno ou um serviço de reciclagem em suma dê ao seu chefe imediato algumas semanas para que ele possa assimilar digamos até alguns meses nunca se devem precipitar as coisas em princípio o próprio sr x deveria chamá-lo para anunciar que afinal compreendeu do que se tratava mas você sabe como convém saber que ele não fará nada senão não seria seu chefe imediato portanto é você quem no fim de um certo lapso de tempo vai procurá-lo é claro que terá de esperá-lo no corredor esperá-lo na sala da srta yolanda dar um giro pelas diversas seções cujo conjunto constitui a totalidade ou parte da empresa à qual você deve tudo esperar o dia seguinte esperar a terça-feira seguinte provar os ovos cuspir enxaguar a boca intervir junto à assembleia para que a quaresma se torne facultativa e o consumo de peixe deixe de ser obrigatório às sextas-feiras esperar a cura da primeira das dezesseis netas do sr x mas não perca a paciência pois há grandes chances de que na sua segunda ou terceira tentativa o seu chefe imediato compreenda não creia entretanto que o resto virá de graça pois na verdade que é que se passou resumamos sejamos claros você foi ter com o sr x o sr x estava lá você bateu à porta ele levantou a cabeça e fez sinal

para você entrar ele lhe ofereceu uma cadeira e você lhe explicou um projeto que o interessou ele apreciou as soluções que você propunha estudou as suas ideias com calma e mais a fundo e ao que parece as assimilou perfeitamente tudo isso é muito bom mas até agora você ainda não disse uma palavra sobre a sua contudo legítima reivindicação salarial a rigor você pode esboçar uma vaga contração da boca dizer hã se contorcendo na sua cadeira mas se o sr x seu chefe imediato não o parabenizar claramente como é que você conseguirá lhe falar do seu verdadeiro problema ora você deveria saber o sr x é um chefe imediato ora um chefe imediato nunca parabeniza um dos seus subordinados logo o sr x nunca parabeniza um dos subordinados do sr x logo o sr x nunca vai parabenizá-lo ora se o sr x não o parabenizar você não poderá lhe falar de aumento e como não será ele evidentemente quem vai falar primeiro só lhe resta voltar ao seu lugar jurando embora um pouco tarde que não será enganado de novo e que da próxima vez não vai tentar dar uma de astuto mas pronunciará logo de cara a palavra aumento e tanto pior se der errado bem eis uma sábia resolução portanto você vai ter com o sr x seu chefe imediato ele não está na sala dele e com razão já que está verificando o funcionamento da coladeira automática você o espera por um instante no corredor mas eis que ele não chega nunca assim você acha por bem ir provar os encantos da conversa da srta yolanda infelizmente a srta yolanda não está na sala dela e com razão já que ela está ajudando a verificar o funcionamento da coladeira automática portanto você dá um giro pelas diversas seções cujo conjunto constitui a totalidade ou parte da vasta organização que utiliza a sua coladeira automática sem aliás encontrar vivalma o que se explica pelo fato de que quase todo mundo está neste instante vendo como funciona ou antes como deveria funcionar pois ela não funciona a coladeira automática portanto você vai ver com seus próprios olhos como se comporta essa máquina da porra e encontra o seu chefe imediato que não apenas não o parabeniza mas ao contrário o repreende você deixa passar algumas semanas para que a ira dele seja aplacada e depois volta à porta da sala do seu superior ele não está lá você dá alguns passos no corredor e depois vai ver se a srta yolanda está na sala dela ela está mas não parece nada disposta a ficar de papo com você pois ela própria está tendo problemas com o chefe imediato dela sr Wolfgang que por evidentes razões de simplificação sempre é bom simplificar chamaremos doravante sr W você refaz portanto melancólico o giro pelas diversas seções cujo conjunto constitui a totalidade ou parte da organização à qual você se orgulha de pertencer e depois volta à sala do sr x o qual mas que surpresa está lá levanta a cabeça quando você bate e até o convida com um sorriso simpático a entrar e pegar uma cadeira e a se abrir o que é tão raro que você na certa até fica com vontade de desconfiar mas como diz lucy van pelt a charlie brown ao convidá-lo a chutar uma bola de futebol americano que ela vai retirar bem na hora do arremesso do referido charlie brown provocando assim uma queda tão mais dolorosa pela humilhação da qual se faz acompanhar se não confiássemos nos superiores não chegaríamos a lugar nenhum você esboça portanto um sorriso tímido se convence de que a priori o sr x está imbuído das melhores intenções a seu respeito e confessa a ele que não se trata de uma questão T60 a qual certamente não lhe interessaria e obrigaria você a errar durante um bom tempo à procura da seção AD4 que tampouco se trata de outro problema que poderia lhe interessar ou não lhe interessar cuja solução que você proporia ainda que interessado ele poderia achar fértil ou estéril poderia até mesmo se tivesse vontade até se apreciasse a sua contribuição ter ou não ter tempo para lhe dar atenção até se ele estimasse a sua colaboração até se se interessasse pelo problema que você levanta poderia mais ou menos compreendê-lo e mesmo se ele compreendesse apreciasse se interessasse aderisse se empolgasse ele poderia muito bem registrar a sua sugestão sem lhe permitir entretanto com um elogio qualquer que você abordasse o único assunto sobre o qual a seu ver vale a pena conversar a saber um aumento substancial do seu ordenado portanto sem pensar duas vezes olhando-o bem nos olhos você afirma impudente que se trata sim senhor de uma história de grana ah ha ah ha diz o seu chefe imediato é então por uma questão de aumento que você vem falar comigo responda que sim sem hesitar primeiro porque é verdade e é sempre preciso dizer a verdade e depois porque se você respondesse que não ele ficaria em vantagem o seu chefe imediato para lhe perguntar o que é que você está fazendo na sala dele a uma hora dessas em vez de estar na sua trabalhando pela maior glória e pelo maior lucro da vasta empresa cujo conjunto de diversas seções pelas quais você dá um giro nostálgico quando o seu chefe imediato não está na sala dele e a srta yolanda está de ovo virado constitui a totalidade ou uma parte você então seria maomeno obrigado a se retirar e só deus sabe quando é que ia encontrar de novo a ocasião de lhe falar a sós na sala dele do seu chefe imediato primeiro seria necessário que ele estivesse na sala dele seria necessário que ele lhe respondesse quando você batesse à porta seria necessário que ele aceitasse recebê-lo na hora ou se o convocasse para depois do almoço seria necessário que nenhum incidente culinário incidisse sobre a boa vontade dele seria necessário que nenhuma de suas filhas ou de suas netas estivesse incubando um sarampo por isso é melhor lhe dizer a verdade e mostrar a ele que empregado aos dezesseis anos e três meses de idade como office boy adjunto qualificado com ordenado de 5375 francos antigos e 50 cêntimos antigos por mês você escalou um a um os degraus que o levaram ao posto de técnico adjunto 3ª categoria 11º grau índice corrigido 247 ou seja um salário real feitas as deduções da previdência e das diversas contribuições aos organismos competentes de 691 francos novos e 00 cêntimos novos o seu chefe imediato se ele for esperto e ele é senão não seria chefe imediato vai fazê-lo notar que você certamente não trabalha dez vezes mais do que na época da sua primeira contratação mas que não obstante ganha mais de dez vezes mais e que ele não entende por que você reclama não é por mim que eu reclamo senhor você dirá é pelas minhas pobres crianças minhas quatro filhinhas que acabam de pegar sarampo esta última informação não constitui talvez um argumento em favor das suas contudo legítimas reivindicações no fim das contas será melhor omiti-la da próxima vez ainda mais porque da próxima vez as suas quatro filhinhas e você mesmo estarão certamente curados graças à penicilina e às sulfamidas que se encontram em abundância no mercado farmacêutico francês e que aliás são reembolsadas pela previdência para a qual você contribui regularmente com sua cota logo uma vez saindo da enfermaria tendo bem refletido tendo amadurecido a sua decisão você vai ter com o sr x suponhamos para simplificar pois sempre é bom simplificar que tudo corra bem não custa lembrar a título de informação que o desdobramento favorável das operações implica a cumplicidade benéfica logo altamente improvável de todo um conjunto de elementos pertencentes

aos mundos animal vegetal e mineral entre os quais citaremos apenas pois queremos realmente simplificar a nossa demonstração ao máximo e não alongá-la com considerações que acabaríamos achando desnecessárias entre os quais citaremos portanto o bom humor da srta yolanda o frescor dos ovos a inespinofagia do chefe imediato a ausência de sarampo observadas essas condições admitiremos com a maior boa vontade que o seu chefe imediato o receba e que não ache a priori ilegítimo que você lhe reclame um aumento pois não é que ele mesmo passa o tempo todo tentando obter um aumento do sr z contudo é sabido que nenhum chefe imediato concede um aumento nem mesmo encara com seriedade a questão antes de ter sondado o requerente sobre a legitimidade de tal aspiração evidentemente se você tivesse uma boa ideia que permitisse à empresa que sempre confiou em você reduzir seu efetivo em 40% aumentando simultaneamente os lucros na mesma proporção isso talvez concorresse em seu favor mas creio ter a lembrança de que demonstramos cientificamente que você não podia ter ideias pois ou você tem ideias T60 que não interessam a ninguém ou então você acredita ter ideias mas o seu chefe imediato ou bem está pouco se lixando para elas ou bem não está pouco se lixando para elas mas acha a sua ideia estúpida ou bem não está pouco se lixando para elas não acha a sua ideia estúpida mas não tem tempo para prestar atenção na sua ideia ou bem não está pouco se lixando não acha a sua ideia demasiado estúpida acha tempo para cuidar dela mas não entende nada da sua ideia ou bem não está se lixando acha a ideia genial acha tempo para responder e a entende perfeitamente mas esqueceu nesse meio-tempo que você vinha pedir um aumento logo é melhor não ter ideia nenhuma na falta de ideias sua participação num importante projeto brilhantemente realizado pela sua empresa poderia ajudar consideravelmente para que ele levasse em conta a sua aspiração por uma melhora salarial a pergunta lhe será feita abertamente responda com igual franqueza se você participou recentemente de um grande projeto bem-sucedido diga sim se você não participou recentemente de um grande projeto bem-sucedido diga não se você participou recentemente de um grande projeto fracassado não toque no assunto e se você participou faz tempo muito tempo de um projeto minúsculo que sem ter propriamente fracassado também não poderia ser considerado um projeto bem-sucedido tampouco toque no assunto pode ocorrer evidentemente que a sua firma tenha sido bem-sucedida em grandes negócios mas que estes sejam precisamente aqueles dos quais você não participou ou pior ainda que ela tenha fracassado em todos nos quais você se envolveu de perto ou de longe não tire nenhuma conclusão apressada aliás para simplificar pois sempre é bom simplificar não vamos tratar desses casos mas suponhamos o que apesar de tudo é o mais verossímil que você não tenha participado recentemente de um grande projeto bem-sucedido o que se explica pelo simples fato de que a sua firma não foi bem-sucedida em nenhum grande projeto nos últimos quatro anos e não foi por lhe faltar vontade mas seus projetos de implantação de um estaleiro em Chartres de ligação ferroviária direta entre Dunquerque e Tamanrasset ou de construção de um complexo hospitalar na região parisiense se revelaram todos irrealizáveis portanto responda que você não participou recentemente de nenhum grande projeto bem-sucedido não acrescente é inútil que você fez todo o possível o seu chefe imediato sabe muito bem e é justamente por isso que ele o estima não creia por outro lado que tudo esteja perdido tudo ainda não está perdido se você entretiver boas relações com seu engenheiro isso pode lhe ser favorável além disso o seu chefe imediato com o único desejo de ajudá-lo vai lhe perguntar se você está bem com o seu engenheiro responda o mais sinceramente possível se você estiver bem com o seu engenheiro diga sim se não estiver bem com o seu engenheiro diga hã suponhamos que você não esteja bem com o seu engenheiro são coisas que acontecem você não tem do que reclamar em relação a ele mas ele te dá nos nervos além do que ele passa o tempo inteiro a te censurar pelo atraso ou por você não estar na sua sala ele te pergunta o tempo inteiro onde é que você estava mas afinal não é culpa sua se o sr x não está nunca na sala dele quando você vai ter com ele tendo refletido judiciosamente tendo tomado coragem para lhe falar de aumento naturalmente você não precisa relatar ao sr x todas as suas queixas contra o seu engenheiro pois o sr x por razões estritamente profissionais sendo a disciplina a principal força das empresas sejam elas públicas nacionalizadas ou privadas poderia tomar o partido do seu engenheiro portanto contente-se em dizer hã suspire se quiser controle seus soluços arranque alguns cabelos bata no peito mas não tente de maneira nenhuma mentir realmente não vai servir para muita coisa pois de qualquer jeito o sr x vai se informar com o referido engenheiro e isso será pior diga a você mesmo que o seu engenheiro não é imortal que ele pode ceder aos encantos do brain drain que pode se engasgar com uma espinha de peixe ou se envenenar com um ovo podre ou sucumbir às sequelas de um sarampo tardio não é preciso dar um empurrãozinho no destino ou então aja sem testemunhas não deixe pistas e capriche num bom álibi vamos supor portanto para simplificar pois sempre é bom simplificar ou bem que o destino lhe foi extremamente favorável ou bem que você não se deixou apanhar em suma ei-lo com um novo engenheiro trate-o bem finja que está trabalhando por exemplo ou mesmo e por que não trabalhar realmente durante algumas semanas você verá às vezes é interessante aliás não é ruim que por um tempo você perca o hábito de ir a cada cinco minutos à sala do sr x que começa a ficar com má impressão sua quando no final de algumas semanas ou de alguns meses a atmosfera estiver serena de novo você estiver nos melhores termos com o novo engenheiro a polícia judiciária tiver arquivado o caso o sr x tiver se beneficiado da falta de provas a firma tiver se beneficiado de uma importante subvenção governamental que lhe permitiu não pedir concordata apresente-se de novo ao sr x ele não está na sala não seja por isso ande de um lado para outro no corredor enquanto o espera e depois como parece que ele vai demorar a voltar vá ver se dá para tricotar um bocadinho com a srta yolanda mas a srta yolanda não está na sala dela e ela não parece estar de bom humor portanto dê um giro pelas diversas seções cujo conjunto constitui a totalidade ou parte da organização que lhe deu tudo e se você cruzar com o seu engenheiro gratifique-o com o seu sorriso mais simpático mas não se esqueça na próxima vez de estar munido de um relatório qualquer que justifique a sua presença num departamento onde em princípio você não tem nada que fazer e tampouco o seu engenheiro mas isso de nada adiantará se você lhe chamar a atenção sobre o fato alguns dias mais tarde volte à sala do sr x ele ainda não voltou espere por ele no corredor e depois vá ter com a srta yolanda mas a srta yolanda embora pareça estar com um humor excelente não está na sala dela você se prepara então para dar um giro pelas diversas seções cujo conjunto constitui a totalidade ou parte da vasta organização onde você passa quarenta e cinco horas por semana mofando quando

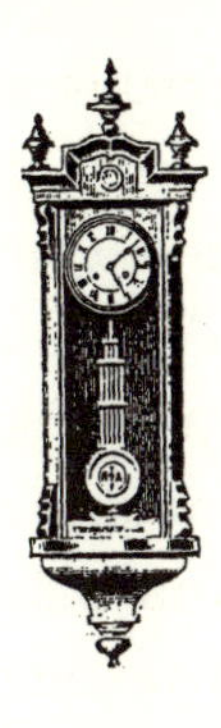

vê o sr x aparecer no fundo do corredor portanto cinco minutos mais tarde você vai bater na sala dele mas é claro que ele nem lhe responde e você volta pensativo mas não realmente desanimado pois é preciso mais para abatê-lo à sua sala você não tenta a sorte no dia seguinte pois o dia seguinte é uma quinta-feira e se o sr x lhe pedisse para voltar no dia depois de amanhã esse depois de amanhã seria uma sexta-feira e o sr x correria o risco de ser picado por uma espinha ou de se intoxicar com ovos já nem tão frescos ora no ponto em que você está a dois anos e três meses da aposentadoria torna-se perigoso correr riscos inúteis você espera portanto a terça-feira seguinte que se revela um dia fausto já que você encontra imediatamente a srta yolanda na sala dela encantada de tricotar um bocadinho com você em compensação você não percebe o sr x e no final de uma conversa que se estende por três horas e quinze a srta yolanda já tendo perdido todo o seu bom humor o põe dali para fora suplicando que não volte no dia seguinte quarta-feira você faz o que é absolutamente inútil dá quarenta e cinco giros pelas diversas seções cujo conjunto constitui a totalidade ou parte da vasta organização que o consome no dia seguinte quinta-feira você evita qualquer encontro com o sr x mas desejoso de pôr a sorte realmente do seu lado você produz um volumoso relatório para a consideração do seu engenheiro que se digna de lhe agradecer no dia seguinte sexta-feira você derruba por descuido o conteúdo a saber a salada de mariscos e uma omelete norueguesa da sua bandeja da lanchonete no terno recém-lavado do seu chefe imediato sr x por prudência você deixa passar duas semanas antes de sua nova tentativa então vai ter com o sr x mas o sr x não está na sala dele portanto você o espera no corredor em seguida já que a srta yolanda ainda parece estar de péssimo humor você dá um giro pelas diversas seções cujo conjunto constitui a totalidade ou parte de uma das mais poderosas empresas francesas depois vai falar com o sr x ele está na sala dele levanta a cabeça quando você bate à porta ele lhe diz para entrar e até lhe oferece uma cadeira embora esteja com o rosto pipocado de pequenas erupções vermelhas mas como lhe ensinaram que não devia perguntar ao seu chefe imediato se uma de suas filhas estava com sarampo e que se ele não lhe oferecesse uma cadeira você também não lhe perguntaria nem sobre a saúde dele nem sobre a saúde da família dele você tenta se descontrair e expõe o seu problema vejamos diz o sr x não seria esta uma questão T60 não você diz não seria então outro projeto não você diz é um pedido de aumento sssim é o que você diz vejamos prossegue o seu chefe imediato você participou recentemente de algum grande projeto bem-sucedido não especialmente você responde ah ah diz o sr x você se dá bem com seu engenheiro sssim é o que você diz triunfante bem diz o sr x e que podemos fazer por você está vendo só correu tudo muito bem nenhum incidente de monta veio atrapalhar o desdobramento dessa ducentésima quinquagésima quinta tentativa seria afinal possível que passados todos esses anos obstinadamente voltados para esse projeto único você alcançasse enfim seu objetivo pessoalmente não creio nisso mas isso não o impede de crer com uma voz clara e inteligível sorrindo por entre lágrimas dominando a emoção que lhe aperta o peito você explica que ganha 691 francos por mês e que gostaria hã de ganhar hã talvez não 6910 nem 6190 nem mesmo 1960 nem mesmo 1690 mas hã 961 ou 900 enfim bom 850 hã 800 vai 791 não falemos mais nisso digamos hã 700 bem diz o seu chefe imediato não cometa o erro ingênuo de crer que o seu chefe imediato vai responder que sim ou que não esteja certo de que você não receberá o aumento que deseja quero dizer que você não o receberá hic et nunc assim de mão beijada que você não sairá da sala do sr x 9 francos por mês mais rico você deve compreender que numa empresa como a sua uma das maiores empresas francesas um aumento salarial cria problemas muito complexos não somente em termos contábeis mas para tudo o que diz respeito à política econômica e social de curto médio e longo prazo da referida empresa além disso é claro que o sr x não tem o poder de lhe dar assim um aumento no máximo ele pode fazer um relatório favorável para o diretor de pessoal o qual depois de consultar alguns organismos poderá eventualmente no âmbito de uma reavaliação global da massa salarial aliás prevista pelo v plano propor o seu nome durante uma mais ou menos próxima reunião do Conselho Administrativo em suma o sr x sem o satisfazer na hora pode ou bem lhe dar a entender que a sua iniciativa não apenas não o surpreende como o leva a se perguntar por que você demorou tanto para tomá-la pois desde sempre ele lhe é favorável e assim o autoriza a nutrir a esperança de uma promoção futura se não bem próxima ou bem lhe dizer mais ou menos na cara que ele acha as suas pretensões injustificáveis cínicas indecentes e mesquinhas e que ele não acreditava que você um empregado visto como modelo fosse capaz de tal infâmia em suma ou bem ele lhe dá esperanças ou bem ele não lhe dá suponhamos que ele não lhe dê esperanças você tem a escolha entre várias possibilidades por exemplo você pode se deixar tentar pela concorrência e ir oferecer seus serviços a outra empresa mas veja bem que a dezoito meses da aposentadoria você terá dificuldade de encontrar oportunidades exaltantes você também pode praticar o sequestro a chantagem ou a falsificação das escritas contábeis mas veja bem que essas três atividades além de requerer uma certa habilidade são severamente reprimidas pelas justiças locais você também pode vender a quem der mais os segredos de fabricação guardados nos cofres-fortes da sua empresa mas seria preciso é claro conhecê-los também pode apostar na trifeta mas você já aposta na trifeta em suma o melhor a meu ver é esperar mais seis meses e depois voltar a falar com o seu chefe imediato vamos supor para simplificar pois sempre é bom simplificar que essa nova tentativa não tomará mais tempo que as precedentes talvez possa até tomar menos tempo se instruído pela experiência você souber pôr a sorte do seu lado não se deve ser sistematicamente pessimista não se deve ver sempre apenas o lado ruim das coisas o sr x não é um mau sujeito a poderosa firma que o emprega não lhe deseja o mal o seu engenheiro não tem nenhuma razão para não se dar bem com você há peixes sem espinhas os ovos não estão necessariamente podres diagnosticado a tempo o sarampo não passa de uma doença benigna e nada nos permite pensar que da próxima vez que você estiver sentado diante do sr x a detalhar-lhe em pormenores com uma voz que a idade já terá começado a tornar ligeiramente trêmula as dificuldades da sua existência ele não o escutará com uma atenção simpática e quase comovida e não o deixará vislumbrar a esperança de um aumento próximo você não terá por que lhe querer mal se esse aumento não sair nos dias seguintes nós lhe explicamos que se tratava de um problema complexo espere seis meses e depois quando no final de seis meses as suas esperanças tiverem caído completamente por terra volte a falar com o sr x e se ele estiver lá se levantar a cabeça quando você bater se o fizer entrar imediatamente se lhe oferecer uma cadeira e se consentir em escutá-lo esforce-se mais uma vez para convencê-lo.

Posfácio

Tendo refletido judiciosamente, tendo tomado coragem, você decide redigir um posfácio para *A arte e a maneira de abordar seu chefe para pedir um aumento*.

Em outubro de 1968, Georges Perec, escritor-residente no Moulin d'Andé, trabalha sobre um organograma que lhe foi transmitido por seu amigo Jacques Perriault, encarregado de pesquisa do centro de cálculo da Maison des Sciences de l'Homme. Com base nesse organograma, intitulado "A arte e a maneira de abordar seu chefe imediato", Perec pretende criar um texto para a revista *L'Enseignement programmé*. No dia 20 de outubro, ele escreve a Jacques Perriault, pedindo-lhe em especial:

a) esclarecimentos ou confirmações
b) se não seria conveniente modificar certos pontos do organograma que, suponho, vere-

mos na revista antes ou depois do texto que o traduz.

A carta é interessante por várias razões.

Primeiro, por sua cronologia. Ela confirma que, de fato, Perec se interessa pelo organograma como limite gerador, na esteira de Raymond Queneau, que apresentou *Un conte à votre façon* [Um conto à sua maneira] à 83ª reunião de trabalho da Oficina de Literatura Potencial (Oulipo); antes, ele tinha publicado o texto no número de 19 de julho de 1967 do *Nouvel Observateur* e em seguida no número de julho-setembro do mesmo ano da revista *Lettres nouvelles*, acompanhado de um diagrama bifurcado, representando sua estrutura.

Mais precisamente, nos arquivos do Oulipo, o *Conte à votre façon* é explicitamente mencionado, pela primeira vez, a propósito da reunião de 8 de abril de 1968: numa carta aos oulipianos, datada de 9 de abril e resumindo as contribuições que cada um se comprometeu a trazer para a compilação coletiva, François Le Lionnais evoca em relação a Queneau: "Literatura matricial — Conto à sua maneira". Como, por sua vez, François Le Lionnais havia feito na 79ª reunião uma apresentação sobre a literatura "ramificada", podemos concluir que existia no Oulipo no final de 1967-início de 1968 um interesse manifesto pelas formas da literatura combinatória, lançando mão dos percursos em cadeia dos grafos: é nesse contexto que se inscreve o trabalho de Perec sobre o organograma de Jacques Perriault.

Em seguida, essa correspondência mostra como, com base numa estrutura idêntica em seu princípio (o percurso num grafo), Raymond Queneau e Georges Perec vão desenvolver duas táticas radicalmente diferentes. Em *Un Conte à votre façon*, Queneau deixa ao leitor a iniciativa do percurso: cabe a este, a cada bifurcação possível, escolher uma das soluções propostas, excluindo todas as demais. Perec, ao contrário, opta de saída por uma "tradução" linear do organograma, isto é, não mais a escolha de *um* percurso, mas a disposição de *todos* os percursos possíveis, de cabo a rabo. "Minhas primeiras tentativas", ele escreve, "me permitem esperar que eu chegue a um texto realmente linear [...]: conforme o texto avança, haverá cada vez mais condições a serem preenchidas para que uma nova possibilidade possa ser enunciada." Onde Queneau privilegia uma estrutura combinatória virtual, apostando na potencialidade, Perec prefere uma estrutura combinatória atualizada, apostando no esgotamento. É essa diferença que ele confirma na sua carta-programa a Maurice Nadeau:

> Fazendo exatamente o contrário do que havia feito Queneau em *Un conte à votre façon*, desenvolvi um organograma linearmente: enquanto a situação dada (pedir um aumento ao chefe imediato) se limita, com todas as suas hipóteses, alternativas e decisões, ao esquema de uma página, a mim foram necessárias vinte e duas com colunas duplas e caracteres reduzidos para explorar sucessivamente todas as eventualidades.

Encontramos também em outros textos essa separação entre os dois escritores: ao *Cent mille milliards de poèmes* [Cem mil milhares de poemas], de Queneau, que, contando apenas com dez sonetos de base, permite produzir cem mil milhares de poemas, se opõem, em Perec, o *81 fiches-cuisine à l'usage des débutants* [81 fichas de cozinha para o uso de iniciantes] ou o *Deux cent quarante-trois cartes postales en couleurs véritables* [Duzentos e quarenta e três cartões-postais em cores verdadeiras], que alinham respectivamente 3^4 e 3^5 (isto é, TODAS as) receitas e os cartões-postais realmente produzidos pelas estruturas combinatórias utilizadas. Essa tática perecquiana é a do esgotamento que o escritor praticou como virtuose inúmeras vezes, em particular na sua técnica de descrição: às vezes implicitamente, na escala minúscula do retrato de um personagem imaginário, como Amanda von Comodoro-Rivadavia, cujos trajes, em *La disparition* (p. 80), esgotam o vocabulário de todas as nuances lipogramáticas sem E da cor vermelha: "calças soltas, rubras como chamas otomanas, uma blusa coral, um casaquinho púrpura, uma *obi* colcotar, um *foulard* carmim, um *vison* nácar; calcinha rubi, luvas rosa, botinhas zarcão de salto alto zinzolino", outras vezes explicitamente na escala global de todo um bairro bem real, como na *Tentative d'épuisement d'un lieu parisien* [Tentativa de esgotamento de um lugar parisiense]. Num certo sentido, podemos considerar *A arte e a maneira de abordar seu chefe para pedir um aumento* como uma espécie de *Tentativa de esgotamento de um organograma paródico*.

Entretanto, apesar de suas táticas combinatórias diferentes, Queneau e Perec compartilham a mesma estratégia: a do desafio lançado às possibilidades da escrita e da leitura. Assim, Queneau nota ironicamente que, se o seu *Cent mille milliards de poèmes* permite "fabricar poemas [...] em número limitado", ele "fornece leitura para quase duzentos milhões de anos (lendo-se vinte e quatro horas por dia)". Quanto a Perec, ele esclarece na carta a Jacques Perriault o que espera do trabalho sobre o organograma: "Chegar a um texto realmente linear, logo totalmente ilegível". E, ao que parece para aumentar essa ilegibilidade, Perec chegará até a suprimir de seu texto a pontuação ainda presente na versão datilografada anterior. Quantitativamente para Queneau, qualitativamente para Perec, é portanto da mesma questão que tratam os dois oulipianos: digamos, para simplificar, pois sempre é bom simplificar, a dos limites da literatura.

Enfim, gostaria de me deter na primeira objeção que Perec faz ao organograma de Jacques Perriault. Ela diz respeito ao título do organograma, que é originalmente o seguinte: "A arte e a maneira de abordar seu chefe imediato. Apresentação por organograma". Daí a objeção de Perec:

> O título: por que abordar seu chefe imediato? Ficamos com a impressão de que só se pode falar com o chefe imediato para pedir aumento. Nesse caso, seria melhor anunciar já de saída. [...] Proponho, portanto, chamar o exercício: "A arte e a maneira

de abordar o chefe imediato (para tentar lhe falar de aumento)".

Será essa, no fim, a solução adotada, com umas poucas variações. Mas o aparecimento no título da palavra *aumento* não tem por única razão a coerência narrativa, como demonstra a transformação ulterior do título para a *Hörspiel* [peça radiofônica] alemã: *Wucherungen* e para a peça francesa: *L'augmentation*. Reduzindo o título final ao único substantivo, Perec dá a este último um novo valor, desta vez metafórico, que aparece claramente na sua carta, pelo viés de uma comparação: a tradução linear, ele escreve a Jacques Perriault, "dará ao texto o aspecto de uma 'torre de Hanói', onde é necessário um lance no primeiro movimento, dois no segundo, quatro no terceiro, oito no quarto, depois dezesseis, trinta e dois etc.". Quem nos lê logo compreende: o aumento não designa apenas uma alta no salário, mas também, e talvez sobretudo, a própria regra a que todo o texto obedece e que permitiu a sua produção. Estamos em 1968: em 1969, Perec publica seu romance lipogramático sem E: depois de *L'augmentation* virá *La disparition*, onde reencontramos o mesmo jogo com títulos que remetem tanto ao relato de uma aventura como à metáfora da sua escrita, e respeitam por antecipação o primeiro princípio de Roubaud: "Um texto escrito segundo uma regra fala dessa regra".

*
**

Em março de 1981, Georges Perec responde ao famoso questionário de Marcel Proust, a ele submetido por um estudante que prepara uma dissertação sobre sua obra. À pergunta "O que eu gostaria de ser?", Perec responde: "Homem de letras". Ele utilizará frequentemente essa fórmula à qual se afeiçoa, precisando o sentido que gosta de lhe dar: "Um homem de letras é um homem cujo ofício são as letras do alfabeto". Mas também poderíamos definir Georges Perec como o homem dos paradoxos e dos desafios: fazer concorrência com os dicionários; escrever um texto sem E; ou sem outras vogais além do E; ou sem A; ou inteiramente reversível; ter usado todas as palavras da língua francesa; fazer o inventário dos alimentos líquidos e sólidos ingurgitados ao longo do ano de 1974; interessar-se não pelo extraordinário, mas pelo infraordinário; descrever durante muitas horas o que se passa no cruzamento de Mabillon. Eis algumas das tarefas que ele se atribuiu e às quais gostava de chamar *Tentativas*. Evidentemente, *A arte e a maneira de abordar seu chefe para pedir um aumento* pertence a essa categoria de textos-limite. Já o vimos: com seu artigo para *L'Enseignement programmé*, Perec esperava "chegar a um texto [...] totalmente ilegível". Por uma vez, parece que o "homem de letras" não alcançou realmente seus objetivos, ou ao menos assim esperamos.

Como fez com frequência, em seu artigo Perec maneja com júbilo a variação no idêntico. Sabemos que um dos princípios da estética perecquiana consistia em nunca escrever duas vezes o mesmo tipo de texto. Contrariamente ao que uma leitura um tanto rápida poderia levar a crer, aqui esse princípio de não repetição é perfeitamente respeitado. O interesse do texto não vem evidentemente das aventuras ou desventuras do sr. Xavier, o chefe imediato, ou dos estados de espírito da srta. Y, mesmo se Perec, "para dar mais humanidade à [sua] seca demonstração", chame-a "srta. Yolanda", ou de Zóstenes, o próprio chefe imediato do chefe imediato. Remeto os amadores de peripécias a *A vida: modo de usar* [*La vie mode d'emploi*], onde, no capítulo 98, encontrarão junto com a história dos Réol, "o jovem casal que comprou um dormitório", uma última versão, romanceada e dessa vez inteiramente romanesca, de *L'augmentation*. O principal atrativo do artigo de Perec me parece na realidade residir nas ínfimas variações aplicadas às fórmulas que, se forem olhadas mais de perto, assemelham-se apenas em aparência.

Para simplificar, pois sempre é bom simplificar, limito-me a um exemplo, o da sequência "dar um giro pelas diversas seções cujo conjunto constitui a totalidade ou parte da organização que o emprega". Ela se repete sucessivamente, sete vezes idênticas, se quisermos, para simplificar, deixar de lado as variantes morfológicas ("dar", "dê", "você dá", "você dará", "dando") ou semânticas ("dar de novo", "fazer e [...] refazer", "você refaz", "travessia") que afetam o verbo inicial. Essa séptupla recorrência é suficiente para criar no leitor um efeito pavloviano que o leva a considerar como idênticas todas as continuações da sequência, sem ver que Perec inseriu no organograma original uma verdadeira maquininha combinatória específica, da qual ele é o único autor e cujo mecanismo, que não é impossível de ser descrito com base nas vinte e nove ocorrências presentes no texto, se sustenta em quatro elementos principais:

• elemento A: enunciado inicial: uma única escolha, a sequência: "dar um giro pelas diversas seções cujo conjunto constitui a totalidade ou parte da";

• elemento B: enunciado de uma determinante para o substantivo constituindo o elemento C: a escolher entre as quatro formas possíveis: "vasta", "tentacular", "uma das mais poderosas", Ø (vazio);

• elemento C: enunciado de um substantivo: a escolher entre quatro formas possíveis: "organização", "consórcio", "empresa", "firma";

• elemento D: enunciado de uma proposta relativa à escolha entre vinte formas possíveis:

1. "que o emprega";

2. "que o usa";

3. "que o explora";

4. "que o remunera";

5. "que o emprega digamos antes que o explora";

6. "da qual você não é uma das joias mais brilhantes";

7. "que lhe paga para dar um giro pelas diversas seções cujo conjunto constitui a totalidade ou parte de uma das maiores empresas de um dos setores mais essenciais da nossa mais nacional indústria";

8. "onde por um salário miserável você desperdiça os melhores anos da sua vida";

9. "com a qual você faz mal em se identificar";

10. "que defende os interesses da empresa que o emprega";

11. "onde você perde a parte mais luminosa do seu tempo";

12. "que lhe garante avaramente os meios de sua sobrevivência";

13. "que constitui o seu único horizonte";

14. "da qual você não passa de um mísero peão";

15. "à qual você deve tudo";

16. "que utiliza a sua coladeira automática";

17. "à qual você se orgulha de pertencer";

18. "que lhe deu tudo";

19. "onde você passa quarenta e cinco horas por semana mofando";

20. "que o consome".

Teoricamente, essa maquininha perecquiana poderia produzir: 1 × 4 × 4 × 20 = 320 definições diferentes do local de trabalho do sr. Xavier e de seu subordinado. Ora, contrariamente ao que ele tenta fazer (ou fazer crer) com o organograma original de Jacques Perriault, Perec não utiliza todas, preferindo uma terceira tática: nem potencialidade, nem esgotamento, mas uma espécie de identidade em *trompe-l'oeil*, algo como uma cerveja sem álcool, um "nem-tão-igual-assim", cabendo ao leitor ir ver mais de perto onde se escondem as diferenças. Lançando-se à exploração de um rigoroso organograma, o leitor se encontra finalmente num jogo de sete erros muito mais sofisticado, diante de uma construção que se sustenta tanto sobre a sedução do *trompe-l'oeil* como sobre a sideração do ilegível.

Mais uma vez, Georges Perec se apodera de uma estrutura formal (o organograma), mas evita aplicá-la mecanicamente; dela se apropria, modifica-a a seu modo e consegue lhe impor a sua marca: o selo de um autêntico escritor.

Bernard Magné

ESTA OBRA FOI COMPOSTA POR 2 ESTÚDIO GRÁFICO
EM MERIDIEN E IMPRESSA PELA RR DONNELLEY
EM OFSETE SOBRE PAPEL PÓLEN BOLD DA SUZANO PAPEL E CELULOSE
PARA A EDITORA SCHWARCZ EM MARÇO DE 2010